El regalo del pastor

Mary Calhoun

ILUSTRACIONES DE
Raúl Colón

TRADUCCIÓN DE OSVALDO BLANCO

A la Hermana Anne Michelle,
quien me pidió que contara un cuento de Navidad,
y a la Hermana Faith, que me alienta
—M.C.

Para tres pastorcillos:
Hunter, Kaeden y Savannah
—R.C.

HARPERCOLLINS*PUBLISHERS* rayo

A Shepherd's Gift   Text copyright © 2001 by Mary Calhoun   Illustrations copyright © 2001 by Raúl Colón   Translation © 2001 by HarperCollins Publishers Inc.
Rayo, an imprint of HarperCollins Publishers, Inc.   Printed in the U.S.A.   All rights reserved www.harperchildrens.com   Library of Congress Cataloging-in-Publication Data   Calhoun, Mary.
[A shepherd's gift. Spanish]   El regalo del pastor / Mary Calhoun ; ilustraciones de Raúl Colón; traducción de Osvaldo Blanco.—1st ed.   p.   cm.   Summary: While looking for his lost lamb an
orphaned shepherd boy meets Mary, Joseph, and newborn baby Jesus in a manger.   ISBN 0-06-029785-9 — ISBN 0-06-029786-7 (lib. bdg.)   1. Jesus Christ—Nativity—Juvenile fiction.
[1. Jesus Christ—Nativity—Fiction.   2. Shepherds—Fiction.   3. Orphans—Fiction.   4. Spanish language materials.]   I. Colón, Raúl, ill.   PZ7.C1278 Sh   2001   [E]—dc21   00-32020   CIP   AC
Typography by Matt Adamec   1 2 3 4 5 6 7 8 9 10 ❖ First Edition

La cordera de Mateo llamaba a su madre.
Mateo abrazó estrechamente a la cordera y
le susurró:

—No puedo encontrarla.

La había buscado subiendo por la ladera
de la colina donde los pastores acampaban
con sus rebaños. Había bajado por un
borde rocoso donde era posible que cayera
una oveja. Tampoco estaba allí.

La oveja y la cordera eran suyas, en pago de su trabajo. Aunque Mateo era huérfano, los otros pastores eran justos con él. Amaba a la cordera desde que ésta había nacido.

—¡Beee! —baló la cordera, con hambre, mordisqueándole la camisa.

El pastorcillo ordeñó una oveja y remojó un trapo en el cuenco de leche. Hizo gotear la leche en la boca de la cordera y luego la dejó chupar el trapo.

Pero la cordera, dejando caer el trapo, baló otra vez:

—¡Beee!

Se puso precipitadamente de pie y corrió en busca de la leche de su madre.

—¡Vuelve aquí! —gritó Mateo, corriendo tras su cordera.

Cuando ya la alcanzaba, ella se lanzó como una flecha a un lado y bajó rápidamente por la colina. Mateo tropezó con una piedra y cayó dando tumbos detrás de la cordera hasta el pie del cerro.

Se hallaban en las afueras de un pueblo. Durante todo el día

Mateo había visto gente dirigiéndose allí. Estaba oscureciendo y

ardían antorchas en las calles.

La cordera se detuvo a oliscar el aire y Mateo casi la agarró

entonces. Pero otra vez se escapó. La vio correr hacia un establo

cavado en la ladera de la colina.

El niño entró detrás de ella. A la débil luz de una lámpara de aceite pudo ver varias especies de animales, unos durmiendo, otros comiendo de los comederos. Y allí estaba su cordera acurrucada junto a la madre.

—¡Ajá! —exclamó Mateo, riendo, mientras le daba palmaditas en el lomo— ¡Qué lista eres! ¡La has encontrado!

Ahora podía llevarse de vuelta sus dos ovejas al campamento de los pastores.

—Bienvenido —saludó una voz en la penumbra.

—¡Mi cordera encontró a su madre! —Mateo se apresuró a reclamarlas.

—Sí, la oveja perdida vino a nosotros —dijo el hombre con voz amable.

Mateo vio más adentro a una mujer joven recostada contra unos mantos enrollados, que estaba amamantando a un pequeño bebé. Cerca de ellos había un atado con las pertenencias de la pareja.

—¿Ustedes viven aquí? —preguntó Mateo.

—Somos viajeros —dijo el hombre.

La madre sonrió dulcemente a Mateo y explicó:

—La posada estaba llena de gente. Nos guiaron hasta este lugar tranquilo para el nacimiento de mi hijo.

—Los animales le dan calor —agregó el hombre.

Mateo observó la cabeza de un asno cerca del hombro de la madre, como si el animal estuviera cuidándolos a ella y al bebé. Las gallinas cloqueaban soñolientas: cloc-cloc.

Viendo a esta familia, Mateo comenzó de pronto a extrañar a
sus padres, a quienes sólo apenas recordaba.

—¿Podría yo ayudarlos aquí? —preguntó,
deseando llegar a ser parte de
esa buena familia, aunque
fuera solamente por
poquito tiempo.

El hombre asintió con la cabeza.

—Oh, sí —dijo, alcanzando
a Mateo una jarra—.
Vendría bien
si pudieras
conseguir
más agua.

Mateo fue con la jarra a la posada. El salón, muy iluminado, estaba lleno

de gente y había mucho ruido. Se alegró de salir de allí y volver al establo.

A la luz amarillenta de la lámpara vio que la madre entregaba su bebé al hombre. Sus rostros estaban radiantes de felicidad.

La cordera que amamantaba, el manso asno… El establo era un

lugar de paz, un refugio seguro para el niño recién nacido.

El bebé cabía confortablemente en las grandes manos del hombre. Estaba envuelto en un lienzo y sólo se veía su cabecita.

El hombre lo acostó en un lecho de paja en uno de los comederos. Luego tomó uno de los mantos enrollados bajo los hombros de la madre y lo extendió sobre ella.

Mateo se arrodilló ante el comedero para mirar al bebé. Al acercarse, se quedó asombrado por el sentimiento de paz que lo invadió mientras contemplaba al niño que dormía.

Entonces el bebé dio un bostezo y Mateo
vio su lengüita rosada; cerró los labios y los
movió como si estuviera mamando.
Abriendo otra vez la boca, aspiró una
burbuja lechosa sobre los labios. A la suave
luz del establo, la burbuja despedía un
resplandor dorado.

—¡Oh, qué amoroso! —susurró Mateo.

El bebé abrió los ojos, que brillaban como estrellas, y miró fijamente a Mateo. El muchacho sofocó un grito de sorpresa. Era como si el bebé lo conociera. Mateo se apretó las manos de la alegría, sonriendo al bebé.

—¿Cómo se llama? —preguntó.

La madre respondió:

—Su nombre es Jesús.

Los ojos del bebé, vencidos por el sueño, se cerraron nuevamente.

La cordera lanzó un balido y el pastorcillo se puso de pie.

—La paja le raspará la piel —le dijo al hombre—. Quédese con mi oveja. Si le corta usted la lana, Jesús podrá dormir sobre el vellocino.

—¡Es mucho para un regalo! —protestó el hombre. Pero la madre dijo:

—Gracias, amigo.

Dormido, el bebé respiró a fondo.

El hombre sacó pan de su morral.

—¿Quieres comer con nosotros?

—No podré, debo volver al campamento de las ovejas.

Mateo acarició a su corderita entre las orejas. Ella necesitaba quedarse con su madre y Mateo se sintió feliz de darles también la corderita. A pesar de lo mucho que la amaba, aun amaba más al bebé.

Miró a Jesús durmiendo y dijo:

—Nunca te olvidaré.

Mientras Mateo subía por la ladera de la colina, una luz cada vez

más intensa le iluminaba el camino. Creyó oír voces. Parecían cantar

acerca de aquel niño maravilloso que lo conocía a él, un simple pastor.